二魚文化

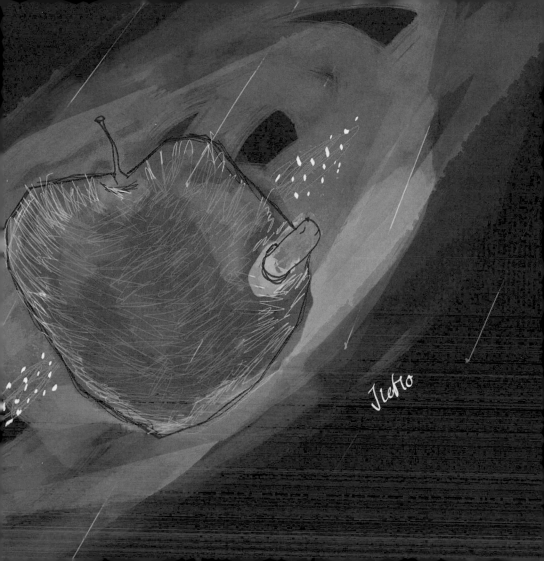

CONTENT

不正才正

白靈

賀婕是溢滿創意的透明瓶子，這支瓶子上塗滿她童話式的幻想和走完長路後的覺悟。而瓶子內則飛滿了透明的女人和男人，有的正在上升，大半正在墜落。這支滿溢了的透明瓶子就是她的心，細看是飛著雙翅或掉了翅的蟲，不，她的詩和她的畫她的愛她的情都寫在那上頭，少許的溫馨，更多的是涼意、寒意、和醒。

愛情如同世俗化的宗教，找到對的人就一起信，在這時代，即使很快就一起不信也無妨。偏偏男人女人來自不同星球，一個用左腦思考，一個用右腦思考，當女人對男人說：「吻不是親吶／手揣手才是親吶」，男人偏偏是「硬水泥地」（第38首），怎能不「交通」大混亂、怨氣沖天？但即使在失算的愛情中，賀婕的詩依舊是揮著翅的，輕盈地就飛過了從前，飛過了那些不滿不懂和怨的大石頭們夾殺過來的縫隙，因此

讀她的詩是愉悅的、喜孜孜的，好像自己背上也長出了翅，
輕易就學好她的飛姿，就能在這個想與那個想、無數個想之
間之上，來去自如。

然後就突然想起她的不正、她歪歪扭扭的直線、她怎麼也學
不會的正確，而凡所謂的正都是被規定的、被訓練的、被教
化的，且也準備被別人使用或利用。天生學不正之路，正
順性而為，順不正之路走自己的正路。她走的不正之路，正
是詩最正確的道路，而且將來絕不會輸給眾多前幾代的女詩
人們。

初見賀婕的人，不容易看出她是一個怪咖，端莊得有點腼
腆，外表的正看不出她內心的不正。而在一個講究文創和跨
領域的年代，正是從正（左腦）到不正（右腦）的大轉機期，
賀婕的《不正》為我們標識出了這樣世代的來臨。

脫出框架與直線：讀賀婕圖文書《不正》

向陽

　　一如書名，這是一本「不正」的書，以詩與圖繪互相詮解、互為正文，但又隱然相互較勁、相互鬥爭，訴說詩人／畫家的不合時宜，以及種種「離經叛道」的想像。

　　這個詩人／畫家，賀婕，很早就受到詩壇矚目，她擅長以曲筆描繪現代都市女子的心境，翻探並且挑戰社會既有的成規；透過簡潔的文字、跳脫的詩風。她的詩，形成了她異於同世代詩人的詭異而跳脫的詩風。她的詩，有寫實的成分，位於可解與不可解的山稜線上，右邊是峭壁，左邊是斷崖，隨時有掉落的可能，令人驚心。終究還是在繩索之上，自在前行，也有超現實的逸脫。她讓語言自然出走，左搖右晃，自在前行，彷彿在一條繩索上迎／逆風向行走，卻又不時拉回，彷

　　她的圖繪也是。她從小熱愛美術，卻在美術課中受盡挫折；大學讀北科大建築系，也吃盡繪製工程圖苦頭。她說她「線條總是掌握不精準，媒材總是掌握得很差」，老師懷疑她手的掌握力有問題。她自認可以拿九十分的水彩畫，老師哈哈大笑，之後給了六十五分……這樣的賀婕，至今依然喜歡繪畫，並且在這本圖文書中展現了她的作品，她用簡筆勾勒所見與所

思，一如她的詩一般，以橫逸斜出的筆觸，表現這個都會時

代常見的「變形」：愛情、慾望、記憶、認同、叛逃、疏

離……，種種脫離常軌卻又自然無比的現象，通過她的畫，

冷冷地注視著讀者，並且質問主流社會的宏規常模，以歪七

扭八的姿勢。

此書中的詩與圖，無一不在以「不正」來和正經八百的世界

對話。賀婕不想循著既有的軌道行走，她挑戰既定的價值

觀、規約和權力，用詩與圖，她描繪形形色色的女性；描繪

她們在主流規範下以生命、愛慾、叛逃，建構自身主體的綻

事；用語言的扭曲、人性的荒蕪、環境與自然的遭到破

壞，以及人際關係的冷漠與虛幻……。透過本書，我們看到

既存且博深久遠的「正」的荒謬與虛無，理解並且感受脫出

框架與直線的真實和存在

「在沒有框線的世界裡自由地生長」，真於是乎在。以「不正」最可貴、最

己的歪斜感到驕傲」，真於是乎在，正是賀婕《不正》

不思索就一概接受的「正」，

有看頭之處。

兩億五千萬年後的恐龍與兩億五千萬年前的雪花

林群盛

恐龍遇到了雪花，在繁茂的欄杆與玻璃包圍的複雜建築內。

恐龍看著其中一塊散灑灰鬱色羽毛的空地，問泊在額頭上的雪花：「這裡以前住著什麼呢？」

雪花用音韻有點高，但是好聽的聲音回答：「這裡以前住著會飛的選擇題；而且只有兩個答案喲！」

恐龍沒再問下去，或者也得用上一百年去想下一個問題。

天氣更冷了，像是蘋果色的太陽被蟲蟲啃光，更多的雪花落下。

她們經過了更多受傷的欄杆，那邊曾經有著表情錯置的長頸鹿，懼冷的小豬，缺水的鱷魚。曾經，老鼠走過時間的陰影，曾經，狗從變魔術的箱子走出來，曾經，貓認為那是不可能的，也是曾經。

恐龍再也沒說話，只有跟著雪花一起降下的沉默，貼著白堊紀的粉牆活了下來。

恐龍終於想起來，有許多熟悉的音聲，正被自己踩在腳下，那些黝黑的母音像化石，埋在癱軟的岩層內。像是要解釋什麼的雪花更急切的落下，把黑色的恐龍腳印掩住，大地被塗抹成魚缸般冰冷的白色。

可能是太冷了，恐龍扭曲著脖子，身軀像不工整的線條刮著白色的大地，等待著被溫暖的色塊，或多管閒事的的網點填滿，縱使這一切還在很遠，那麼遠的空中。

11

INTRO 魚

他夢到自己去一個偏遠的海島教書。上班第一天，他愉快的走進工藝教室，看學生的作品：木工、簡單燈具、陶藝、花卉等。最後一個水族箱有非常大的錦鯉、紅蓮等大型魚，他心情輕鬆地觀賞著他們，看到一條魚十分不一樣，他以為是一隻大魚在試圖吞食一隻錦鯉，仔細一看，竟然是錦鯉背後拖著已經死去腐爛的大魚，已經爛到無法辨識頭身、眼睛。

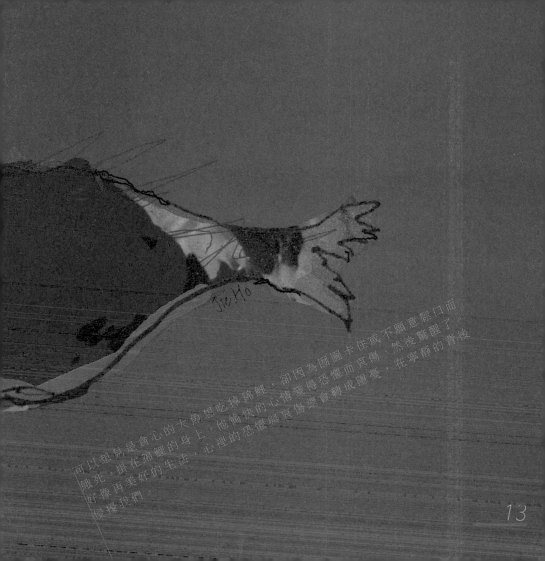

可以想見身是貪心的大魚想吃掉錦鯉；卻因為圖卡住或不願意鬆口而
餓死，掛在錦鯉的身上。他愉快的心情變得恐懼而哀傷，然後驚醒了，
好像再美好的生活，心裡的恐懼與哀傷總會轉成噩夢，在寧靜的背後
侵擾我們。

13

李夢娜

李夢娜站在下貨區喫午飯

藍衣的貨車司機戴著美麗的蔬菜映進來，

司機想著今早送完了大概可以回家同妻子吃飯，回去該熱給孩子吃

李孟娜想著才箱裡還有些剩的麵包，回去該熱給孩子吃

下貨區後的商場裡充滿紅色的特價布條

空調合宜，冷凍區的魚眼睛晶亮

突然間，李夢娜撞著了大貨車

妤大的聲響大家都跑過來看

紅艷艷的什麼也看不清

只看清李夢娜身上的員工服，印著

「我最低價」

15

Merci d'envoyer le curriculum
vitae à la mission économique,
Institut Français de Taipei
14F., 205, Tun Hwa N. Road,
Taipei 10595
Tlc : (02) 2713 8704
taipei@missioneco.or

Poste vacant
technologies, services (NTIS)
_acné sectoriel nouvelles-

Maîtrise du
français/mandarin/anglais (écrit
et oral), diplôme universitaire,
doté d'un solide sens commercial.
La maîtrise des outils informa-
tiques (Windows et Microsoft Pack
Office) est impérative.

Jie Ho

as qualified candidates.

...ons as required to be

...dates must prepare and subm...

...for detailed information. Intereste...

http://ait.org.tw/en/employment

Please check AIT Internet at

· good organizational skills. a...

principles. Be alert, reliable, a...

· Good working knowledge of s...

· Must possess a valid driver.

Mandarin are required.

· Good working knowledge...

the security field is requ...

· At least two years of w...

· Some college educa...

shift.

performance and security e...

posts at the NOC site. Is...

Office Compound (NO...

Three Local Guard F...

Guard

Seek...

Amer...

「我最低價?」

祕密（大家都瞞著的那種）

像是 某些人的病
郊外關上的車門
幼稚園的女老師，在幼兒午睡時，
坐在門口抽菸，和
遛狗人的身後
公園和城市的暗處
男人的部位
等等
因為是祕密，關於
永遠敲不遍的那些
軟骨和死
我們都守口如瓶

19

壯年
從此世界非常疏離
充滿謎語
八歲忘在床底下的背包
還有當年的發票：
熱狗堡一份
20元
白蟻繞行路燈
終於停下來的時候
翅膀就掉了

汽車旅館

在各式樣的老舊鏡子裡
她看見眼裡的光
身體慢慢暗淡地 沉下去
太潮濕的浴室地板 黏著癱軟的
紫紅色的影子

她像一塊黑布 拉起
再放下 拉起 再 放下
儘管她是被鬓的
一張小床的
小塊陰影

23

我要保護你。

不讓你受傷害。

JieHo

"但你已經傷害到我了。"

"但你已經傷害到我了。"

（她看到美麗的耳環 高興的戴上
覺得自己襯托了它）
然後

她說
別碰牠們
牠們不快樂

海髮的妹妹說，只要偽裝
很快樂，就可以開心一點，
她說 GOOD BYE，
然後耗盡自己長長的生活

化學洗髮精的香味
包圍周圍的人
她不喜歡作麼都和別人分享
在泥巴上行走

25

and I love you,

用同一個洗手臺

她看到我憂傷怨懟的臉
於是也收起自己的眼神
我們都知道彼此的淺短
為彼此受傷
好鑽往她的短髮
她蒼肉的臉頰

一輩子沒機會擁抱的她
被你抱過　你再來抱我
這樣是不是代表和解
代表我們　依然是
天真善良的女孩子
在洗手間的鏡中互瞄
惜彼此此簡生紙
（這是一個關於情慾的青澀故事，
我們在球場兩頭，為喜歡的男孩猙獰的瞪著對方。）

懷念什麼都不怕的大學生活

為了誰？

31

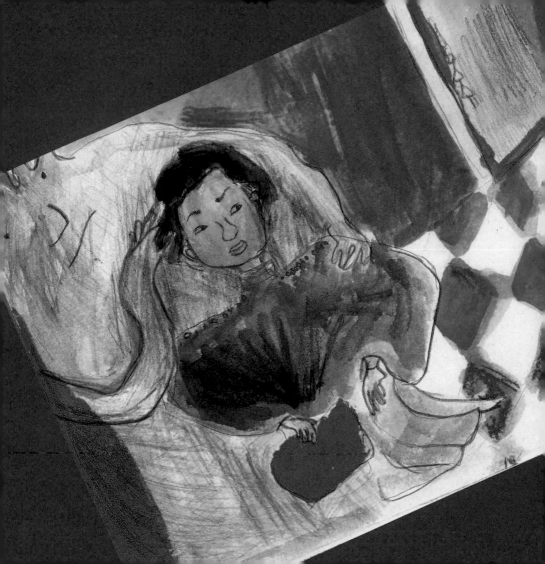

症（愛是一種病症）

有時候，有些事情
就差那麼一點點而已了，

不管再怎麼樣，戀愛時還是會出現少女心的啊。

終於　就有一種
靠近你
悲傷的預感
像是金魚碰到冰涼的魚缸
恐龍碰到雪

你走近窗口，把霧面的玻璃窗拉上

我們在觀光街
慢慢地走著

時間是一場電影預告
我們長期的撞牆
卻擦不出一點火花
你眨著眼睛
說棉絮跑進去了
陪你醃眼站在原地 等眼淚跑出來
我卻先哭了
是過敏 我說
然後變成狗
欺騙自己 繼續
在夢的白日裡撒嬌

某年某日

就像那個不發達的時代
她的鄰居大哥哥
長腿長臂 攬到她的肩上
他們經過賣梅子冰的巷子
想著冰的底下一定有酸梅吧
也許沒有
他們把手 又收了回去
梧桐樹的腳踝是白的
為了怕蟲咬
他們沒見過蟲
小腿便一輩子的癢

巷外倏地長出高樓洋房
卡車隆隆開過
他們開始以飛機取代流星許願
走到巷尾
以為到了
褪色的門上
寫著
此人已歿
某年某日

41

我在高高的捷運軌道上
看你 的辦公室
七樓 701 室
我們破天際線配得那麼渺小
像我走失的寵物鼠
在醫院間亂竄
城市滿地果核
貓狗和植物都結紮了
我們也是

想起我們的學生時代
為彼此側錄再側錄的日常生活
校舍屋頂上的排球
就那樣死去了嗎
寵物鼠時出現的時候已成白骨
校園的花開了又謝了
我寫了封寄不出的信 儘管
想了幾個比喻 寵管
已經沒有什麼可以像你
愛情的心

43

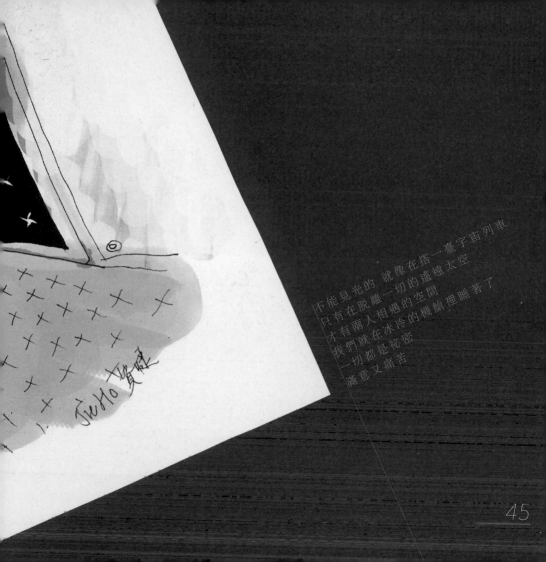

不能見光的 就像在搭一臺宇宙列車
只有在脫離一切的遙遠太空
才有兩人相遇的空間
我們就在冰冷的機艙裡睡著了
一切都是祕密
滿意又痛苦

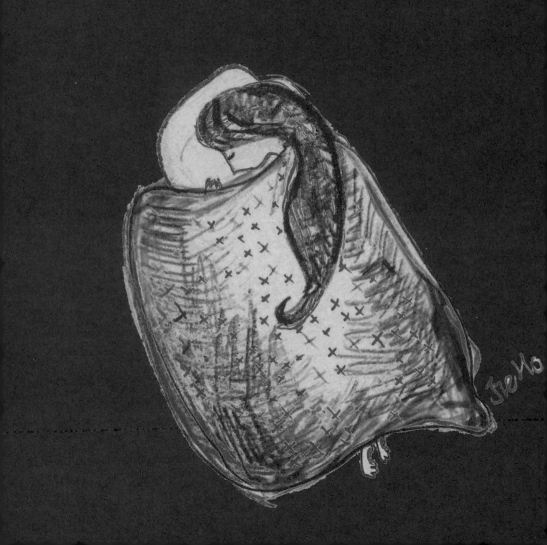

念家有時候又是
片刻暖活。

毯

天冷
和你在曾包裹童年的床上
悲哀的做愛
床上覆著珊瑚絨毯
像我柔軟難得的身體
被你的心
狠狠鑽開

47

目標對象

我們做完
兩人都變鹹了
親吻彼此 候地變出的海
像運動員一樣
互相恭維
你知道嗎
規律就是這樣形成的
很少物質像你
碰了就會碎
散了一房間的
我們的居心
就像是杯水打翻
一樣緊急 又一樣無所謂 這樣
不過我喜歡你 這樣
長得有點缺陷的女孩子
最好不如我漂亮
因為漂亮沒有用
就像我
好沒用的
愛上了你

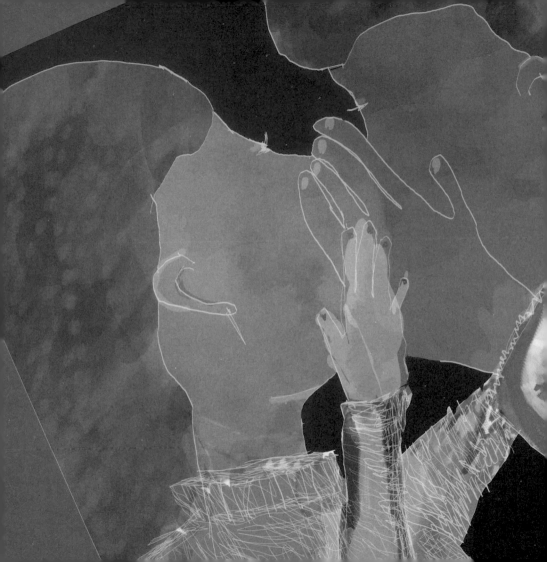

505

那些幽微又羞恥的愛
壓扁在女子的口香糖底下
不自在的錯過兩班公車
意識到自己在等誰
於溫泉旅館
被爽約了
櫃臺不停止的關切電話
使話筒成為一隻
流淚的鱷魚

窗外撐傘的人
不知道我們初離青春的年歲
毀在全球暖化的冷氣房裡
這時候才會開始懷念
我與你的手指相繼成奇怪的形狀
耳機光亮的線纏在我們手中間
你太累了
在昏暗的火車車廂
睡到打盹才發現
醒來拿走彼此的傘
對方拿走彼此的傘
而一切雨聲　都變成真的

51

魔術

怎麼妮怎麼妮
怎麼才在你的車上放入新的光碟
就身處異地　被那首老歌的播放驚儡
我們像是佈景不斷變換的人口
成為城市中流失的單人沐浴
在寒冷的擁抱
才注意到擁抱造成的刺痛
都變成瘀傷

怎麼我們還在耍粗劣的魔術呢
被當時的自己騙了一道
原來緊住的親吻都是騙術
在人潮中搜尋彼此的幻影
交換網路位址
再把我們肩並肩學會的戲法
熟練的變一次

刻意

她在挑內褲
這件太過樸素　那件太過廉價
美麗的那幾件
又太過刻意
她穿著次等貼身的衣服
穿過擁擠的巷道
提早在餐廳等待
點了簡單的菜

菜還了
她注視著她暗戀的人
讓生菜的水滴下來
暗戀的人是一臺答錄機
重複地回答她
她難免看他的眼睛
服務生偶爾經過
為暗戀的人加水
她小口吃著
直到暗戀的人吃飽了
出乎意料的
但撐了她

「下次見！」
破音的汽車嗎那
暗戀的人匆匆離去
他冷冷地揮手
懂笑走入地下鐵

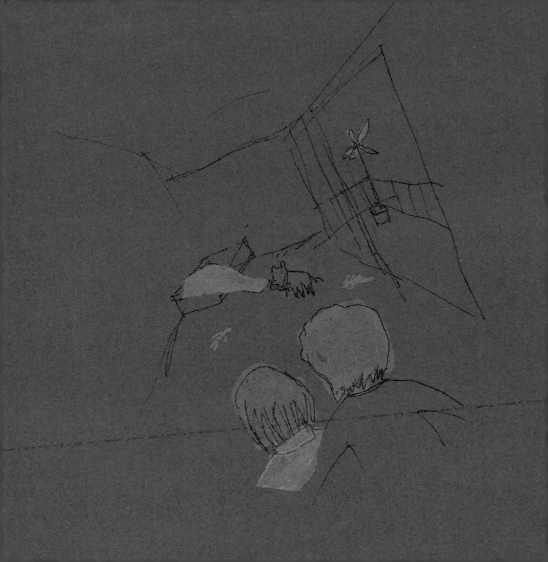

小豬

為了戀人，她被變成小豬
從此被戀人帶著旅行
戀人遇到一個女人，決定和她住在一起
他們在兩人的合照下做愛
小豬禁不住，蜷縮在陽臺
小豬的哭了
大聲的哭了
戀人的女人，忍不住吵鬧
把一桶冰水倒下來
「不管你哭得多大聲他都不可能與你做愛」

小豬披著冰水在陽臺哭著睡著
作了20個痛苦的無聲的夢
隔天早上，牠就死了

未關

雨時下時停的晚上
我裸著上身去接你
一切都非常沮喪
我珍視的寶物已經變成甲蟲
太陽底下不小心
被曬乾了
你在酒館門口
笑咪咪的睡著
我拉著你起身
貓在角落　按住一隻蟑螂
路上突然有了路人
我壓住胸乳
我已經什麼都不是
只有你
笑咪咪的
笑咪咪的

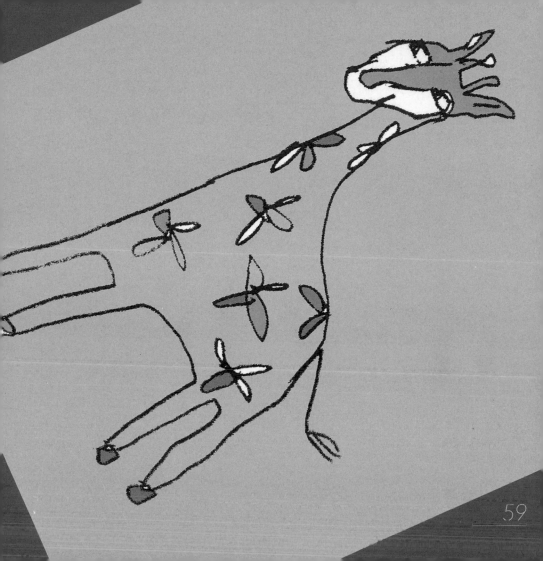

59

症

在冰涼的房間
吹整一頭亂髮
他痛得不得了
在房裡叫
比吹風機還響
其他房裡的人眼眶都濕了
老鼠躲在床底
沒人出來看
外面的雨輕輕的
下得軟爛

老時代的農夫播種
長出了柏油
人們不再害怕籠裡的獸
卻逃得更勤更恐懼
他哭喊
藥物在他右臂
延續他的苦難

然而一切富饒啊
就像昨夜的雨
灑了一地的米

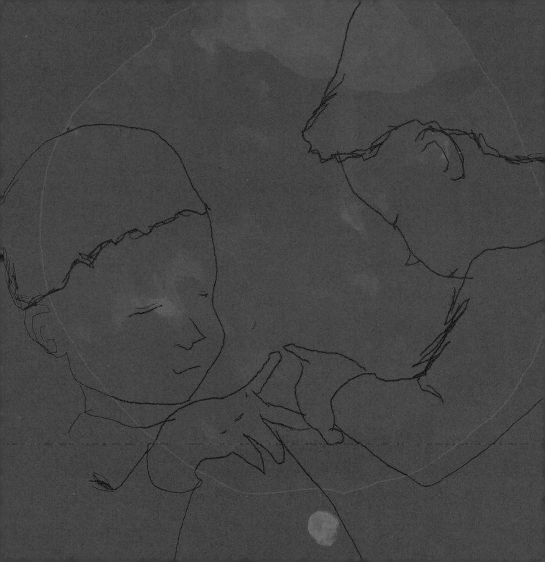

都要在暖暖的秋天和好喔!

放生

我們在一座背光的城市
你抓著我的肩膀
挾著我向前走
晚餐後的捷運人意外的少
像野生動物腹瀉後的腔腸
我們對白式的遠距離的愛
在朗讀者的喉頭
成為痰
沒有唸出來

責備是幽靈
我是宇宙中央
一坨冷的
螢光綠
被丟在這裡
而你
還是沒有原諒我

65

演員

她蹬著鞋子
經過他們偉大初識的地方
腰上 是他油膩的手指
他呃呃 打了幾個飽嗝
「我不愛你了」 就在嘴邊
但戲要演下去 就必須說謊

任人拆場布景
客廳 賣空曠的冰棚
他們不再經緯戒指
生活只是彼此依附的
兩片 小花生米

凝愚先生

其實你一點都不
凝愚
那只是你的名字而已
就像 某純美某某某

你就像一首讀到的 非常好的詩
但因為書店冷氣太強
沒看到後面
結尾怎麼樣了呢 結果怎麼辦了呢
簡訊也在經過地下道的時候寄丟了

凝愚先生
從此之後
便不快樂

墨西哥往事

和你在墨西哥行走
有一搭沒一搭的
討論關於慵散的笑話
老人在門前打盹
滿地都是褪色的歡欣的碎布
我們偷偷爬上高樓
這裡又乾又平坦
燥熱的水果躺著
我們以仙人掌的方式
在樓上喝水
木窗吱吱扎扎
有狗在忌妒
然而你打開地圖，說起分離的計畫
白漆反射陽光飽進我垂著的眼睛
我的水壺乾了
不知道哪來的昆蟲跳離我的衣服
獵物習慣性的躝在一起
到處就是土

Jie Ho

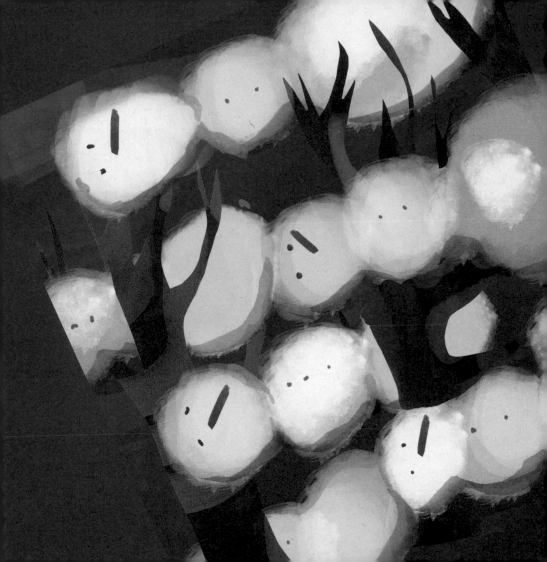

柏拉圖

成熟以後
我們一人分派到一個窗戶
我說
要我死了
會變成小貓 在窗臺打噴嚏
會變成小貓 在窗簾半掩的房間裡造愛
我們在窗簾半掩的內衣 用力丟到門口
你把我的內衣 用力丟到門口
讓小貓聽見
門板的悶哼
突然有人吹起口哨
在忍受最後一個寒流的亞熱帶
喚來地震
突然你就哭了
像是汽水一樣
但不是拿來慶祝

不折不扣的
蘆薈和陽光把窗簾刺破
我愛著雲人
然而冬天已經結束

Jue Ho 資味

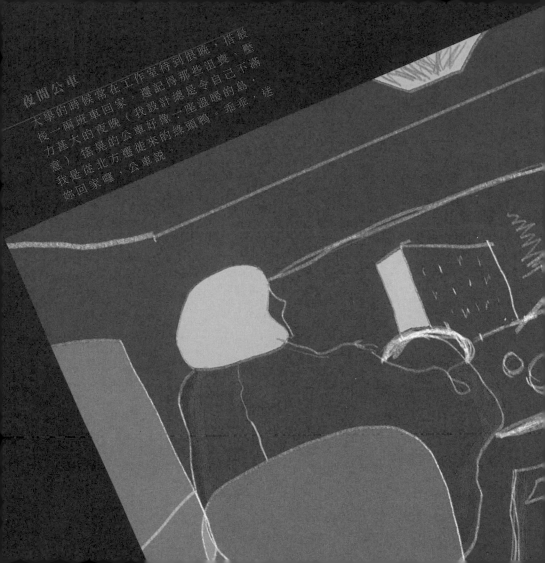

夜間公車

天亮的時候常在工作室待到很晚，搭最後一兩班車回家。還記得那些沮喪、壓力甚大的夜晚（我設計總是令自己不滿意）搖晃的公車好像一座溫暖的島。我是從北方遷徙來的綠頭鴨，乖乖，送妳回家囉，公車說。

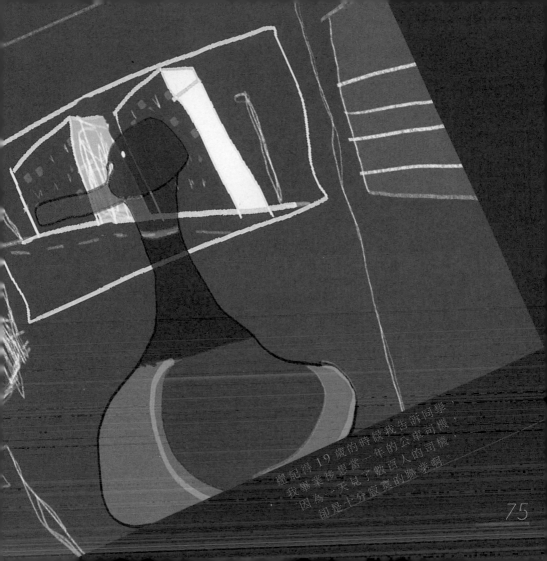

還記得 19 歲的時候我告訴同學，
我畢業後想當一年的公車司機，
因為一天見了數百人的司機，
卻是十分寂寞的職業啊。

75

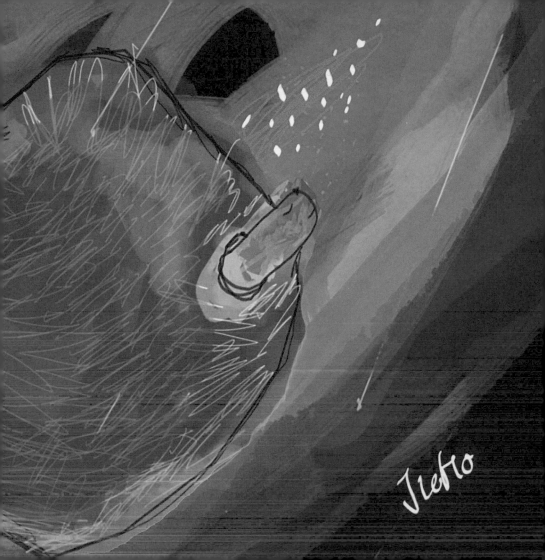

有一隻蟲蟲，一直有一個願望，他想去太空啊。路上他遇到一隻鍬形蟲說「你要去哪裡呀？」他說：「你看我聰明又強壯，從來沒想過要上太空，何況你力氣小小的蟲蟲呢。」別，繼續往上爬。不久他遇上

他以月亮當作目標，每天沿著森林裡最高的樹，往上爬呀爬蟲蟲信心滿滿的說「太空！」鍬形蟲哈哈大笑，告訴你吧，你依著樹爬，再怎麼爬都有更高的樹，蟲蟲臉紅了，匆匆和鍬形蟲道一隻蝴蝶，蝴蝶說「你要去哪裡呀。」蟲蟲小聲的說「太空」

蝴蝶掩著嘴輕輕笑了。

「你看我美麗又有翅膀，從來沒想過要上太空。告訴你吧，
我可以飛到很高的地方，可飛得再高也到不了天以外的宇宙
呢？你這樣相貌平平的蟲蟲，還是乖乖吃飽睡覺就好了吧。」
蟲蟲越來越心虛了。他慢吞吞地往上爬，肚子餓，頭又暈，
剛好爬到枝枒上一顆蘋果，蟲蟲躲在蘋果裡面哭，哭著哭著
就睡著了。他好累好累，睡了好長一覺。
醒來他發現，待在一個陌生的地方，這個地方很安靜，有一
個好大好大的窗，蟲蟲變得昏昏的，好像自己在飛，原來枝
椏上的那顆被選中了，剛剛好，蟲蟲爬進去的
那顆蘋果被太空人挑選進到太空人的胃裡，來不及逃走，
蘋果慢慢被消化到太空人的胃裡，蟲蟲的夢想總算實現了。

Jieno

和他走在幽靈路
想到曾經跟你也這樣走過
一遍一遍的踩著你
夢成路上的潮濕的油漬
滲了一點入腳底
脫下鞋襪
憂鬱的躲進
不分是非的浴室
沒有味道比油耗味
更純
我將在蓮蓬頭下
永不離開
（你）

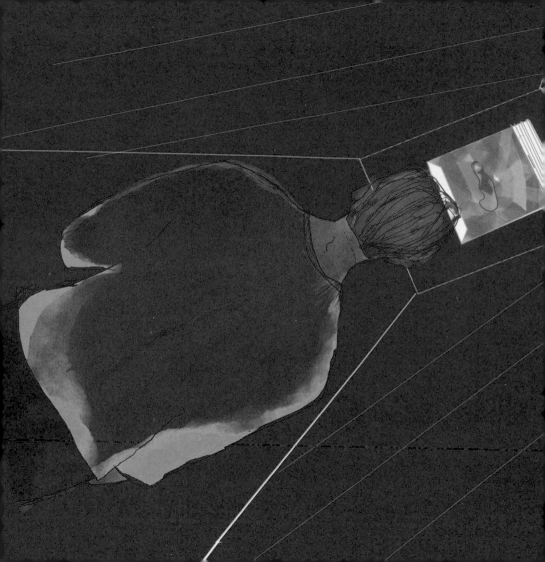

蛞蝓

他有一個蝸居的房間
偶爾有訪客
只要有人在他房裡哭了
他就跑到門口
再見咖啡再見
他在房裡唱著
鄰居打開門來
手搭搭著嘴巴
他在房裡唱著
那些親密的律動啊
親愛的離別
牽念的時光

83

巨龍

勇者爬上了第 557 層高樓，遇到了巨龍。奇怪的是巨龍並不想傷害他，他們聊了三天三夜，直到滿月那天晚上。

「如果你親吻我，我會變成你最強的武器，幫你抵禦接下來 443 層樓可能遇到的傷害。」巨龍說。

勇者禮貌的親了他，但什麼事都沒有發生。

勇者不發一語，酷酷地繼續往上爬。

「唉。」巨龍在他身後悵然地用氣音說。

「你們為什麼都不愛我。」

幾個夜晚我們變成小孩
為別離鬧脾子
躲起來錯過說再見的時機
海鹽在我們之間
快速的過期
鮭魚迴游量死
在多年後看才看到你我有麼
射出陌生男人的身體
你的待辦事項還有我嗎
答應了別為彼此掉髮
浪費一點鹽分
所有的鹽會藏在早晨敏感的蛋白裡
對伴侶和藹如祕密
畢竟海醫都出發了
我也沒什麼好說的
我愛你和我想你
其中一句是謊

硬水泥地

　　啊她，說
　　今年冬天，就冷
　　熱不著冷
　　就冷到手碰不著手
　　那暖不著那
　　他開空調

　　啊她，說
　　我們都是鳥欸
　　在土壤上死了欸
　　小小的心臟　碰不了胸膛欸
　　他開啟電腦檢視
　　農場　和小小戰爭

　　啊她，說
　　親，可不是那樣的親哎
　　吻不是親啊
　　手挽手才是親哎
　　他看水果報
　　新聞

　　花死了哎菜死了哎
　　他抽煙
　　種子在水泥地的下邊
　　探不出頭
　　哎哎欸，　她喊

89

我一直以為我不會繼續畫下去，雖然熱愛繪畫，但自小在美術課、大學的繪畫、水彩、製圖課受盡挫折──線條總是不精準，媒材總是掌握得很差，有老師捏著我的手猜測是不是手的掌握力有問題，有老師嘲笑我的作品，多數的老師只是在我非常認真畫的作業上打上幾分。及格多一點的分數──高中時老師問我對自己的水彩練習打幾分，「九十分！」我衡量自己的努力說道，老師哈哈大笑，給了我六十五分。

所幸這一路上還是有欣賞我的老師和朋友，對我的作品感到驚異，在一些機緣下，也辦成了我第一場畫展，賣出了自己第一幅畫。這些人讓我再時常被質疑的繪畫路上，覺得不那麼害怕，有繼續走下去的勇氣。謝謝謝謝。

91

當一個會做大事的怪物 JuHo 貞庭

僅一個會成大事的怪咖。

作　　　　者　賀　婕

繪　　　　圖　賀　婕

責任編輯　林家鵬

美術設計　費得貞

行銷企劃　溫若涵

讀者服務　詹淑真

出 版 者　二魚文化事業有限公司

發 行 人　葉　珊

地　　　　址　106 臺北市大安區和平東路一段 121 號 3 樓之 2

　　　　　　　www.2-fishes.com

網　　　　址　(02)23515288

電　　　　話　(02)23518061

傳　　　　真　19625599

郵政劃撥帳號　二魚文化事業有限公司

劃撥戶名　林鈺雄律師事務所

法律顧問

總經銷　大和書報圖書股份有限公司
電　　話　(02)89902588
傳　　真　(02)22901658
製版印刷　彩達印刷有限公司
初版一刷　2015 年 5 月
I S B N　978-986-5813-54-3
定　　價　220 元

國家圖書館出版品預行編目 (CIP) 資料

不正 / 賀婕 著
初版．－ 臺北市：二魚文化，2015.05 96 面；
15 X 15 公分．（文學花園；C127）
ISBN 978-986-5813-54 3（平裝）

851.486   104005098

本作品由文化部贊助出版

二魚文化